دار جامعة حمد بن خليفة للنشر
صندوق بريد 5825
الدوحة، دولة قطر

www.hbkupress.com

الطبعة العربية الأولى عام 2021

الترقيم الدولي: 9789927151644

تمت الطباعة في الدوحة-قطر.

مكتبة قطر الوطنية بيانات الفهرسة – أثناء – النشر (فان)

الخطيب، بسمة، مؤلف.

حديقة منسية / تأليف بسمة الخطيب ؛ رسوم عمر لافي. - الطبعة العربية الأولى. - الدوحة، دولة قطر : دار جامعة حمد بن خليفة للنشر، 2021.

صفحة ؛ سم

تدمك 978-992-715-164-4

1. قصص الأطفال العربية. أ. لافي، عمر، رسام. ب. العنوان.

PZ10.731 .K437 2021

892.737– dc23

202128098067

حديقة منسيّة

تأليف
بسمة الخطيب

رُسوم
عُمر لافي

دار جامعة حمد بن خليفة للنشر
HAMAD BIN KHALIFA UNIVERSITY PRESS

كلَّ يومٍ نمرُّ في شارعِنا. تتغيَّرُ أشياءُ.
ولكنَّنا لا نلاحظُ.
لأنَّها تتغيَّرُ ببطءٍ.

أو لأنَّنا مُسرعونَ جدًّا.

بعدَ سنواتٍ، يصيرُ الشّارعُ أكثرَ ازدحامًا.
ونحنُ وسطَ الزّحامِ، لا نُبطئُ... لا نلتفتُ... لا نتوقّفُ.

الجميعُ مستعجلونَ. وكأنَّ الشّارعَ يركضُ بهم، مثلَ آلةِ المشي الكهربائيَّةِ.

وذاتَ يومٍ، يحدثُ شيءٌ بسيطٌ.
بسيطٌ ولكنَّهُ مختلفٌ.
تتأخَّرُ الحافلةُ.

الانتظارُ ليسَ مُمِلًّا للجميعِ، أحيانًا يُحرِّكُ الأفكارَ.

فجأةً، ينتبهُ أحدُنا لشيءٍ طالما كانَ قُربنا، ولكنَّنا لم نرَهُ.

ثمَّ ينتبهُ آخرُ...

وآخرونَ...

لا تتوقّفُ المفاجآتُ.

تُنادينا.

تُنادينا، فنلاحقُها...

تُنادينا، نلاحقُها، فنلبِّي نداءَها...

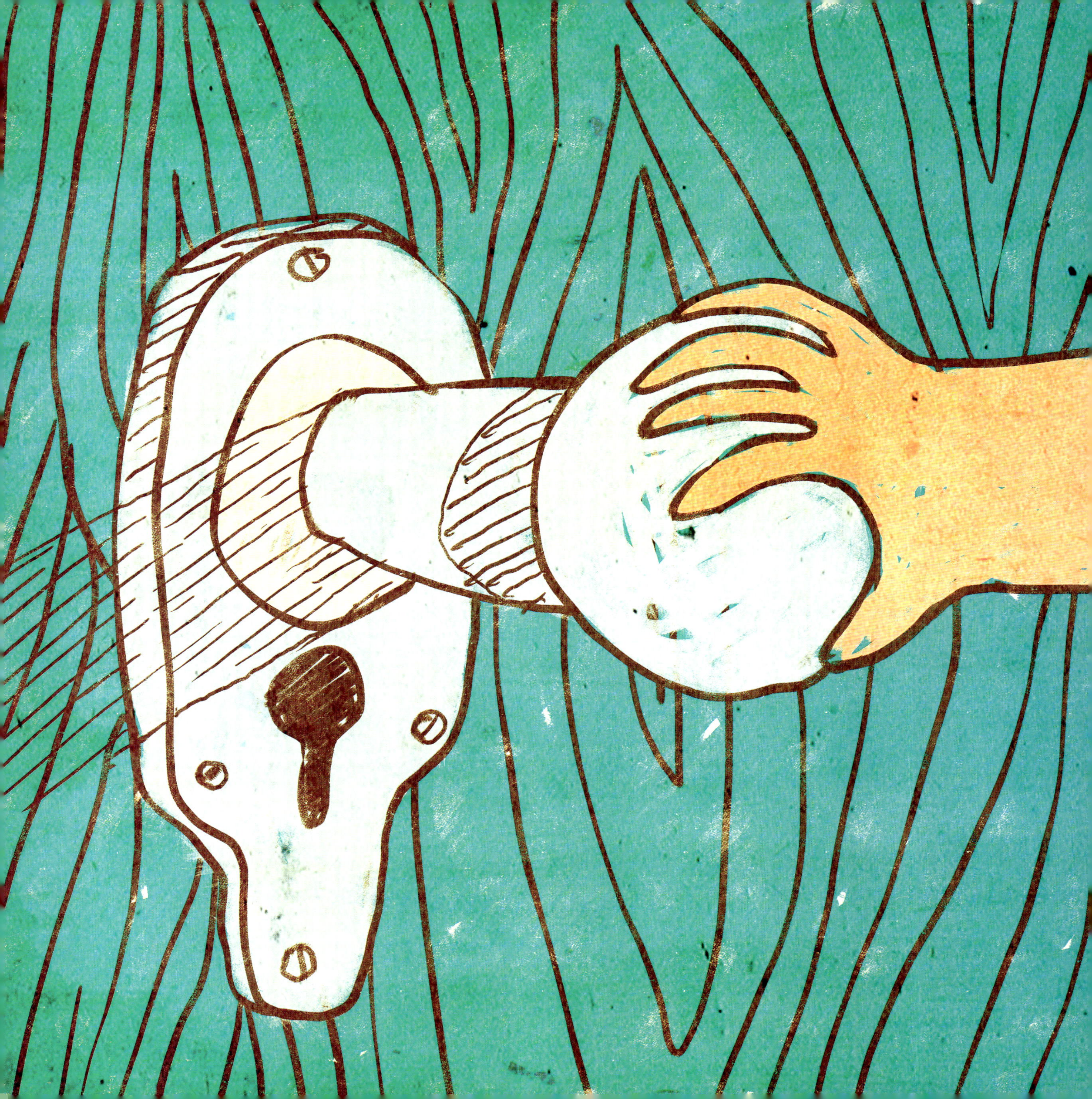

تُناديِنا، نلاحقُها، نلبِّي نداءَها، فنتلاقى.

حينَ تمرُّ في شارعِنا، أو أيِّ شارعٍ آخرَ، تمهَّلْ!

لا تحزنْ لأنَّكَ تأخَّرتَ.

ابحثْ عن حديقةٍ منسيَّةٍ...

ستجدُها هنا، تنتظرُ من يُشاركُها أفراحَها.